下一页

李斌平 著

长江出版传媒
长江文艺出版社

李斌平，曾用名牧风，1963年出生于湖北荆州监利，湖北作协会员。诗作散见《诗刊》《星星》《诗潮》《绿风》《草堂》《诗林》《2011年度诗歌精选》《湖北诗歌现场》等报刊和选本。出版诗集《约等于故乡》。

目　录

第四辑　一个人的灵隐寺

第一辑

下一页

饲蚁记

一只蚂蚁，那么小，小到连影子都没有
爬到纸上，弄不出
一丁点声息。这里没有它需要的食物

为了不令它失望，我写下一个字：米
让它背回家

听风记

用数量词，一片

和风组词

这样，风就有了质感、形状和

重量

像一首诗，有了意象和张力

一片风，像叶子那么大

那么重

就有了生命

从叶芽，到葱茏，到枯黄，到凋零的过程

看一片风

站在树下

看一片一片叶子

怎样落尽我们的一生

下一页

一声啼哭，是入世的前言
上一页，已为你的下一页埋下
伏笔。谁知下一页会
发生怎样的转折
一张薄纸，承风，也载雨
边缘暗藏锋芒。裸露的伤口
借一个字，给自己止血

翻下去，别无选择
命运会在下一页等你

自画像

画轮廓。明暗分明。除了还有点线条
这一生少色彩，碳笔即可
横眉，不谄媚
额头平坦，不是一个陡峭的人
几十年风风雨雨，一头凌乱的发
无暇去顾及。当鱼尾纹过早爬上
眼角，岁月多么慌张

路还长
我只把脸朝向光的一面

中　年

不时有风吹来
灯光恍惚。孩子均匀的呼吸
妻子赌气背过去的身子
母亲偶尔几声压低嗓门的咳嗽
草丛中唱歌谣的小虫子
不知道人间疾苦

离天亮还远。轻轻翻下身
哦，这长夜，这中年的辗转反侧

入厨记

这方寸之地，只一粒米那么大
油盐酱醋，从一把刀切入
虽然有时会伤到自己
一粒盐，会让我们记住
疼痛
我从不用白描
来叙述这简单的一日三餐
除了疼
生活离不开已渗入我们骨髓的盐
背负柴米，像那把刀
时刻保持中年的锋利

画　家
——兼致画家雪之韵兄

起笔，便惊起飞鹭
一波三折，浪涛拍击命运

看千帆过尽
一只舟抵达意境

有水墨濡染，人世苍茫
留白处

借山水
填心中沟壑

半山听雨

——兼致诗人晓光兄

萝峰寺在高处。一曲
半山听雨。人间
路更陡峭了
上山的，慌里慌张
下山的，雨水净身

我在你间歇处，踌躇
一个六根未净的人
借纷乱的雨雾
做尘世的袈裟

草稿纸

写不下去时，就随便写几个动词
撩拨。像几只好斗的蟋蟀
再素描一蓬并不怎么茂盛的草
草丛里，点缀三两个象声词
就听到了唧唧的
鸣叫声。一张干净的纸
留下了它们蹦跶后的
痕迹。刚写下雨
又擦去。担心突然而至的雨水
会打湿草稿纸
让我本就潦草的一生，更加泥泞

小叶紫檀手串

一个人的
佛珠

1 粒，2 粒，3 粒……默诵
自己的经

向一只鸟，化缘
施舍一声鸟鸣

向一盏灯，化缘
施舍一缕光

求一个轻生的人，放过死
求一只龇牙的石狮，放过生，重新投胎

我已满身尘埃。不做佛
只做人

画　羊

再也听不到它咩咩的叫声
简简单单六个笔画
像它简单、潦草的宿命
来不及喊疼
就结束了短暂的一生
嘴里含着一口草

我只能在纸上，画几只羊
和一片茂盛的水草
可以让它们恣意撒欢
寻找另一只交媾
过干净的日子

让它们远离那把锋利的刀子

猜

左手，攥紧右手错位的五指
猜中指。简单的游戏，与命运无关
一直以来我从未猜中过
打乱的秩序
缩小或放大成岁月的模样
总被误导入局。像猜一场雨
一场风雪。一条河流

三十年后换你猜。容颜已老
我故意显山露水，让你轻易找到我

玻璃杯上的花朵

半开着。瓣上几滴露水。连细微的
色差，也清晰可辨
看上去跟真的一样

养它的，有时是一杯水和阳光
有时是一杯时间和
空

陡峭的美。以凌空的姿态
开在看不见的无数尖锐的锋刃上

山 中

随意散乱的石头
每一块，都有自己的海拔
小的突兀，小的险峻，小的悬崖
它们活在自己的高度里
一滴雨，就做了倾泻的瀑布

这些小石头，就是一处风景
用陡峭的一生，让时间翻越

冰　花

谁见过水开出花朵。一滴微弱的水
借一截枯枝，悄悄开了。一种纯粹的白
裂缝的叶脉清晰可辨。像伤痕
看得见的疼痛
仿佛被什么捶打过。严寒中惊鸿一现

当断裂的声音坠落到地面
碎了，仍保持一身的傲骨

一匹马

扬起的风沙，已尘埃落定
一匹马，卸下奔跑。埋首草丛
啃食，这蓬时间的青草
此刻多么安静
它尚未发觉，身后，故乡窥伺已久

一棵草，轻易将它的身影摁倒

青花瓷

所见过的青花瓷都是赝品
岁月苍茫，我原谅了祖父的浅薄
几朵牡丹开得神似
仿佛谁的前世，守住千年前的密语
而剩下的半瓶时间，足够他花销
一个被瓶颈扼住命运的人
抱残守缺，活在一丝裂纹里

竹 简

篆体的汉字
象形的秦砖汉瓦
一块薄薄的柔韧的竹片
谁的方寸疆土，承载起一个帝国

篆刻里，烽火还未散尽
如果你突然听到一个声音
那是从水字旁
滴落的一声
滴答

皮影戏

一张皮，与我们没什么两样
坐在台前，看它们幕后演绎家长里短
展开的剧情，点点滴滴尽是过往
说不出的疼痛
对青霉素过敏。晕血。呕吐
半瓢水，就解了渴

人世间，一张冷板凳被我们坐热
意料之内或之外的结局，冷暖自知
那块生活的抹布收藏起隐私
下意识拍拍身上的灰尘，起身离开

另起一行

广州，除了几个待过的地方
其他没什么好叙述的
多年后，重回市二人民医院
手持一张精致的市民卡
一长串简单的数字泄露了我的籍贯
我来，是为了医治胸腔第二排
肋骨下，反复发作的暗疾
从多宝路回来，41.53 千米里程
途经 30 个站点，再换乘地铁 6 号线
此刻黄旗山正 37℃ 高温
我曾盼望过的一场清凉的雨水
迟迟没有来，却接到家人的电话
哦，三十年了，我已买好回荆州的车票

一个段落结束，另起一行

素 描

起笔，便省略了前半生
零乱的发，勾勒过往的生活
眼袋，皱纹，凸起的眉骨
浓淡几笔人生
脸颊上清晰的老人斑。几点瑕疵
已没什么好掩饰了
我曾独自一人跑到后山
用鸟鸣，疗治耳疾

短短几根线条，虚实间，形似或神似
曲曲折折，所有疼痛一笔带过

走笔至此，人生越来越清晰
落款处，一枚印章
在岁月中慢慢沉淀

月亮简史

作为简史，我无法叙述这道
难题。从诗的角度切入
一首《静夜思》，早已为我们的思维
定调。我只能如实地写下
星球，反射的光，环绕地球
有自己的轨道
从没缺失过。仅此。如果再延伸
我的祖父，见过 47 年
我的父亲，见过 77 年
我，已见过 59 年
还能见多久，我不知道
但它仍会挂在那，照着子孙

赊刀人

谁把自己的背影
放在岁月的利刃上
解剖命运
一声吆喝，如一枚
沉甸甸的拓印
刀，只用时间兑换

赊刀人
不赊刀，我只赊你的一句话
像预言，又像谶语

等待多年了。那把刀
相信总有一天你会出现在巷口
亮出锋刃

羊

我把它看作一个动词
看作是一只活生生的羊
在野外，丛林
吃草，撒欢，相互追逐
时刻都能听到它
咩咩的叫声

这个活泼的动词
我不会将它和另一个动词：宰
连在一起，组成一个血腥的词
不想改变它的词性

你看，一个多么听话的词
温驯，有人情味
它信任你，像信任一棵养命的草

扑　腾

一只麻雀，在路面上
怎么也飞不起来
也许腿折了
也许翅膀受了伤
像被风吹动的一片树叶
拼命朝着灌木方向
扑腾
看它发抖的样子
把头埋进草丛

以为闭上眼睛
就躲过了一劫

暴雨记

浑浊的洪水，在视频里
翻滚。年轻的母亲像一个无助
单薄的词，在水中沉浮
任凭她怎么呼喊
却无法施救
我看见另一个词
跳进水里，两个词紧紧抓在了一起
此刻，它们那么重，没有什么
能撼动它们

洪水还在继续
这两个词，刚好堵住了我
被泪水冲垮的堤口

读传记

东荆河顺流而下

过湖南

从城陵矶码头上岸

一块塔市驿采石场的石头

埋下伏笔

沿盘山路的线索

再回到江北小城

作为小说结构

你的命运

在情节中铺展

中年之殇，听涛临江路

借一盏灯火，点亮《百家论》

而此刻，船娘还在江中摇荡

浪头把小船掀上高潮

鱼鹰，压住惊澜

等江水复归平静

一条历经沉浮的

船，是为序

一　生

天完全黑下来　除了偶尔闪过的几盏
灯火　只看见映在车窗上自己的脸
有人玩着扑克脸上贴满了纸条
有人在啃自带的小吃　他们咀嚼各自的
生活　向窗外扔出往事
有人伸出手抓住的只是一把风声
列车员吆喝蹲在过道里的人
埋怨他们堵了小车的道
而趴住窗口的妇女因晕车拼命地呕吐

十小时的旅程
仿佛预演了自己短暂的一生
提速的火车加速了我的衰老

人间那么安静

傍晚
我在树下避雨
脚边，蜷缩着一只
小松鼠

大雨打在树叶上
小雨落在我身上
这满身人味的
小东西
朝我脚边挪了挪

此刻，雨落得那么安静
人间
那么安静

一纳米

大李村，塔岗村，以千分之一比例
刚好一根头发的长度

多宝路，黄石路，本田路、黄旗山路到塔岗
发丝，一纳米一纳米的白，渗过来

一纳米，近乎忽略的单位制，大于一场风雪
一纳米白，看不见的时光的颜色，小于钟摆的一声嘀嗒

一纳米，一根白发，等于三十年光阴。等于一次转身
等于小时候母亲站在屋檐下的一声呼喊

蜘　蛛

在两根枝条间
编织一张故乡的地图
随便沿哪条路
都能找到熟悉的家

而后，垂吊在
一千八百里外，望故乡

让那两根细细的枝条
承受我一生的重与轻

第二辑

荆州册页

一滴蜜

百度上输入：荆州
点开地图索骥，再慢慢拉大
园林路，便河西路，北京中路，梅苔巷
依次展开。拐角处

灯还亮着。针尖大的肖家坊
像一滴蜜

组　词

我和你组词：我们
单人旁变双人旁。靠得
那么紧，有一丝甜蜜的小间隙
你靠着我的肩
我的撇，为你撑起一把遮雨的伞
说话不用太大声，耳语即可
或一个眼神。中间无法融入任何
字或词。甚至尘埃一样大小的
标点。人世间
这两个词相拥，彼此温暖一生

用梅苔巷造句

你是主语。梅苔巷只是后缀的
宾语。岁月那么深
背负行囊，走在熟悉的小巷
我是一个双重的动词
用你当年的模样
做记忆的定语，花正开
那棵刻过名字的梧桐树
作为见证的状语
已浓荫覆盖。多年了
我承受过太多月圆月缺的补语之重

你渐行渐远。而我无法用
梅苔巷，造一个完整的句子

救

谁把一粒汉字点燃。火势蔓延
我该怎样从这首诗中
救出梅苔巷。救出多年前的记忆
救出我们曾经走过的那条小路
和草丛里的几声秋虫鸣
救出你的笑容
包括我苦心经营多年的
比喻，意象，角度，烘托，伏笔

被困于这场大火，谁能把我
从这首诗里救出来

方程式

肖家坊：52号，乘以岁月，乘以你
记忆是根号。等于一窗灯光
远去的背影是未知数
我用江南雪解答，求根
为了靠近，将分式化为整式
取你笑容的最高次幂。把夏水和雅瑶河
同类合并。再从异乡到故乡
一千一百公里移项

三十多年漫长的演算
却是一道无解的方程

偏　旁

用青涩的树枝，在地上
一笔一画
擦了写，写了擦
这个只有十七画的
简单的名字
写多少遍，总显得潦草
手中的树枝快发芽了

一个偏旁
慌里慌张

一个人的高铁

用名字的笔画，铺设一条回荆州的
高铁。我是自己唯一的旅客

从塔岗到梅苔巷，这趟岁月的旅程
跌跌撞撞走了半生

呼啸而过的风景，是别人的
等待的灯火，是别人的

一千多公里间距，我该以怎样的
速度，才能抵达肖家坊

绿皮火车

看它拖着一阵阵浓烟
坐在硬座上，听哐当哐当铁轨的
撞击声。绿皮火车像一封简单的旧信
从广州到荆州，一千一百公里走得那么漫长
整个夜晚，把脸贴在车窗
看一晃而过的时光

简陋的站台宁静，安谧
此刻，我穿过梅苔巷
火车消失在夜幕里

梅苔巷

藏在荆州城的褶皱里
北京中路只是铺垫
沿地名的笔画，切入梅苔巷
巷道幽深。走进你
不会在交错的岁月迷失

转角处，你是那株凌寒的梅
在江南小城，做我的市花

指画梅苔巷

在一张纸上做指画，不用颜料
和色彩。也不告诉任何人
我画的是什么。油画？素描？水粉？
不留半点痕迹，只留存在心里
做一个人的画展。让你无法描摹

让你无法擦去一个人的想法
擦去一个人的梅苔巷

12路，去肖家坊的公交车

掏出手机，忘了自己的粤通卡
回到小城却无法扫码那张熟悉的脸
错过多少趟去肖家坊的公交
想起少时逃票的情景
掏出藏在心底多年的秘密
情怯怯向投币口投去几分记忆

旧时景早一晃而过
平坦的路面走得那么坎坷
我不知道肖家坊还要走多远
不知道那盏灯，是否还为我亮着

等　你

雨夹雪。天气越来越冷
我不断地往炉里添加着木炭
夜渐深了，你还没有来

岁月那么长
我用一盆炉火，等你

肖家坊

单车斜倚在记忆里
摁响的车铃，唤不来一片
旧时的风。谁的身影
还站在木椅上，踮起脚尖
向院内张望。转身已成过往

墙上，那条岁月的裂痕
留下了少年的慌张

肖家坊：52号

即便平铺直叙，你也找不到去
肖家坊的路。即使站牌指向明确
导航也只会将你带入岁月的
胡同。停靠一分钟的公交车
在用双语播报。你能从哪一句方言
潜入？谁在这里失了荆州

肖家坊：52号。一个人的编码
那里，是我的春天

一棵树

在肖家坊，我想法简单
做一棵并不怎么高大的树
不需要多少树荫
枝头随便一只什么鸟都行
我知道你所求不多
走累了，有个靠的地方
寂寞的时候，听几声鸟叫
忘带伞，碰上突然的阵雨躲避下

人世那么深
等天黑你就沿着灯光回家

寂　静

是你双手拢在嘴边，对着夏水的
一声呼喊。是惊起的白鹭
渐飞渐远的一滴墨影。是横卧
水面的船，一阵轻微的颤动

是你忽然的一次转身。一条窄窄的
夏水，是我奋不顾身跳向你时的
那一声叮咚

名　字

纹路分割，有大小不规则田亩
有土，有暗流的水
把你的名字写在手心
如种子落于温床，温度刚刚好
等破土，等发芽，等成长

让身体每个角落
爬满你缠绕的根须

荆州记忆

仅局限于肖家坊。一如我的
鼠目寸光，只乐于那些
早已烂熟于心的坊间传闻
看来往的人群
和挂在檐角的月亮
那几盏数了又数的灯光

以至于多年后，对于荆州的记忆
只剩下你映衬在窗上的剪影
一块墨汁未干的拓片

回到荆州

回到荆州。在梅苔巷的小酒馆
坐下来，彼此点一碗米粉
品尝久违的乡愁
去南门的城墙，看岁月斑驳
长江边，看夕阳落山
章华寺的梅开了
华灯初上时，踏着北京路的薄雪
我们返回肖家坊。再围炉坐下

听你用荆楚方言
轻轻唤我一声乳名

人世间，你是含糖量最高的一朵

你种的菠菜、萝卜、西红柿、地瓜、豆角，是甜的
你熬的糖、磨的豆腐、包的粽、搓的汤圆，是甜的
雨中奔跑，眼角分不清是雨水还是泪水
你转身时的笑容，是甜的

站在南瓜花、油菜花、豌豆花、芝麻花中
人世间，你是含糖量最高的一朵

第三辑

一点光

一点光

深夜，父亲提着一盏马灯
从牛棚回来
远远望去，忽闪忽闪的
像一只萤火虫

日子的难处，咬咬牙就过去了
劈柴，耕地，造屋
将我们养大
一辈子，就发那么大一点光

像一滴蜜
照亮我们的一生

榨油坊

一根小小木楔子
承受着石头猛烈的撞击
忍住疼

你无法闪躲
岁月把你逼到角落
却不放弃，和石头较劲

当汗水从毛孔渗出
你说，一滴汗水等同于一滴油
幸福的含量

而我算出的是
一块石头，等于活着的重量

旧衣服

在我十八岁后，父亲开始
穿我丢弃的旧衣服
他说，贴身，暖和，穿着合适
一直以来，只要我穿过的
他都特别爱惜
从不让尖锐的东西划到
好像怕伤到我似的
洗好，叠得有棱有角
放在枕头边。时间久了
破洞的地方，就让母亲补一补
再接着穿

仿佛我一直待在他身边
从没离开过

老水车

在一幅油画里相遇
趴在水车上的人
将时间，一点点车上来
灌溉记忆

这枣木的骨架
耐水，抗拆
让我想起父亲火化时
火化工的话
难烧，从没见过这么硬骨头的

现在我只能在纸上
摸一摸
像触摸父亲，脸颊上凸起的颧骨

一切定格在画里了
那条荡漾的小河
为我们保存了，最后一捧解渴的水

一个人的脸

一只萤火虫的光
米粒那么大，刚好照亮一个人的
脸。像光束里飘浮的一粒尘埃
还未看清他的模样
瞬间，又熄灭了
这张突然闪现的脸

短过夜
长过一生

旧粮店

墙面斑驳。宋体的：粮
脱落得只剩下一个偏旁
像一粒谷子
让一座粮店从没空过
想起缴纳公粮的人群中
我的父亲
为了躲避一场突如其来的雨水
慌张地挤在屋檐下
看上去像一个米字旁
橙黄，饱满
似乎碰一下就会发芽

多年来，这粒饥饿的谷子
以偏旁的形式
为我们保留了最后一粒种子

解剖一滴父亲的汗珠

剖开一滴汗珠。有一阵风
一袭暴雨
一场无声的大雪
一个人的身影
一道犁尖留下的伤口

有咬过的牙印
有清晰的木纹
和盐

这人世最干净的一滴
每一次滚落，都是一次潮汛

收工记

解开绳索，从牛脖子上卸下犁轭
拍拍老伙计，再扛到自己肩头

看上去，父亲肩头的犁轭
和套在牛脖子上时，一个样

河 流

你可以把它想象为
菜地里的一根南瓜藤，或红薯藤
抑或墙上的一株爬山虎
雨水充沛，阳光也很好
河水随季节，变换着景色
是的，酒桌上，父亲和我曾
几次说起过它
父亲的语速和河水的流速
差不多。有时平缓，有时急促
这么多年来
它让我们记住了些什么
仿佛又
什么也没记住

一个人的忧伤

无所事事，就去
地边转几圈
捡拾些树枝和棉梗
抡不动斧头了
就用篾刀劈柴
生火做饭
保留村庄最后一缕
烟火味
悠闲时光
总是短促而又略显漫长
孩子们都去了城里

说不出快乐
忧伤也是

枝 条

一根树枝，承担了我的启蒙教育
至今还躲在枝柯里的童年
探出心虚的头。什么时候
父亲反背双手
站在了面前。撩拨蚂蚁的小木棍
压住惊怵

父亲紧跟在身后
一根长长的枝条
将一棵幼苗，押往春天

活　着

表面粗糙，但棱角分明
经历过不少风雨的剥蚀
这块沉寂的石头
什么时候、从哪儿搬弄回来
放在前院的角落里

他时不时蹲在那抚摸，擦拭良久
多年来，仿佛他在替石头活着

临走的时候，我请来石匠
凿成碑，竖在他坟前
让这块石头，替父亲活着

第一人称

在人世，我用第三人称
向亲人叙述，你的生。譬如：
一条缝补过多处的毛巾，他用过
一封简短的旧信，他写的
一只缺了短板的木桶，他挑过
身上多处变紫的疤痕，没听他喊
疼。站在坟前
我用第二人称说：儿子看你来了
而你再也无法用第一人称和我
对话。不知是巧合还是天意
七个笔画，七十年风雨
将自己的第一人称，一笔一画彻底拆除

父亲，就让我用这些零散的
笔画，拼一个你

石 头

沿夏水逆流而上。父亲捡回来一块
小石头。转眼间，他已逝去多年

作为镇纸，我把它放在案头。压住
流水。压住一阵阵掀起的波浪和涛声

压住滚落时，掉在漩涡里的那一声
叮咚。压住水花
等船靠岸。父亲会跳下来
将缆绳，系在石头上
卸下怀念

倒　叙

每次写到你，喜欢用倒叙的方式
语言要留白、跳跃，不能太散文化和实
要像你的犁耙水响
有张力。像你耕种的土地
有深度和厚度。被土里的骨头刺到
有痛感。说到命运
如你的夏水，一辈子没翻过一次浪
唯一一次是，龙卷风将船卷起
至此留下悬念。再倒叙
让你再活一次

船

一条船横陈在河边，破旧，腐朽
仿佛，母亲的白内障

装载过红薯土豆棉花谷子小麦稻草
装载过垒砌房屋的砖瓦和木材
搭载过收工回家的伯婶姨娘和弟妹
送卧床的老母亲去乡卫生院
送公粮，逆水行舟。一根竹篙折断三截
所有的人与物已沿时间的河流远去
早年的情景无法返回源头

这条年久失修的船
连同晚年的父亲
在记忆里再一次失事

交 出

夏天交出一场小雨
冬天交出一地白银
临终的父亲
交出了最后的光阴

生命中，有多少难以舍弃
而又必须割舍的东西
像失手打落的一件瓷器

交出了声音

迷　宫

一个个漩涡，仿如岁月的暗道
358 公里夏水，358 公里命运布设的迷宫
赌你用一生去穿行。波涛，潜流，风雨，暗滩
这些危机四伏的词，埋下伏笔。最终在
母亲的一滴眼泪里失事

一条河，败在自己手上

回忆录

没什么必要为自己写回忆录
从头到尾想一想
自己这一生，倒是件
挺容易的事情。其实这辈子简单明了
两段婚史，三十七年某村小教书生涯，直至
退休

未树敌，学生众，责任田数亩
民转公。为村民写春联至今，贴几天
风一吹，便消失得了无踪迹
写得一手好毛笔字
现被聘某寺庙，为求菩萨者
写祷词

入庙三年余，不是看破红尘
入空门。人间喧嚣，求得一僻静处
过耳顺。为未成家的儿子
继续挣一些外快。身在寺庙，也少不了烦心事
无暇看桃花开，观流水，早起听鸟鸣
身后事，想忘也忘不掉
所求不多，想儿子早成个家

抱孙，了却心愿

叔，冬夜那么长
案几上，一盏青灯

第四辑

一个人的灵隐寺

一个人的灵隐寺

用带木字的偏旁
建一座寺院
用金字旁铸一口钟
用三点水，净手

上弦月是一只紫檀木鱼
一个人的灵隐寺
我是我的住持

寺里只供一尊菩萨：娘

睡　姿

从小到大，直至现在
从没改变过睡姿
侧卧，蜷腿，微微弯曲着背
喜欢双手抱在胸前
我曾试图努力改变这个习惯
不是睡不着
就是失眠

只有这样才睡得安稳，踏实
仿佛自己还在母腹中

姆　妈①

从肺腑流出的气流
凝在口腔，再张开嘴：姆妈

这两个没有声调的字
像秋阳下，两朵炸开的棉花
柔软，有乳汁味

轻轻地喊出来
仿佛自己还在母亲的襁褓里

---

① 姆妈，荆州方言，妈妈。

靠　近

我喜欢在同义词或
近义词之间，寻找不同点
譬如妈和娘
妈看上去圆润，饱满，多乳汁
娘却像一根风中的芦苇
枯瘦而缺乏营养
这两个词
始终指向同一个人
小时候我喊她妈
声音再小她也能听到
年岁大了我叫她娘
要多喊几声且要大声还要
靠她近些，近些

如果再近些，我就靠近了悲伤

旧衣裳

这件旧衣裳保存多年了
有些褪色，还带着原先的褶皱
和磨损的痕迹，以及母亲的气息
似乎她刚从地里回来
脱下挂在晾衣绳上。有风吹过

落雨了。旧衣裳飘动起来
像母亲还在雨中慌忙奔跑的样子

乳　名

不知何时起，娘在孩子们面前
小声，嗫嚅着叫我的学名
有些饶舌，有些变音
这一细微的变化
等我惊觉，娘的头发已花白
喊过无数次的乳名
什么时候已被她悄然藏在了心底

娘憋红着脸。一定像我出生时那样
再一次剪断脐带

钙　片

娘这辈子没补过钙
她说，一粒谷子是一粒钙片
一颗玉米是一粒钙片
一只辣椒是一粒钙片
一颗花生米是一粒钙片
土豆西红柿豆角也是钙片

娘是人世间一粒最大的钙片
娘在，爱不缺钙

母亲的棉

一粒棉籽，是一粒小小的阿司匹林
在母亲的疼痛中发芽，拔节

一只棉桃，是母亲的子宫
我们是入世的胎盘

一朵棉花，是母亲的乳房
饱含生命原初的乳汁

母亲的棉，一丝丝一缕缕
缠绕着我们尘世的肉身

泄　漏

一件的确良衬衫随意搭在膝盖
娘扭着身子拨了拨灯花
灯芯又短了一寸
针眼上长长的线和衬衫牵连着
暗淡的屋子突然亮了许多
娘的背影落在凹凸不平的地面
也是扭曲的

夜晚多么安静
虚掩的门，泄漏了一丝
尘世的光

和母亲聊天

刚开口
又打住了
摇摇头
什么也不说
仿佛有一肚子苦水
怎么催也没用
父亲走了二十多年
身边没个说话的人
腰疼也有些年头
现在开始
腿不听使唤了
母亲无言地轻抚着我的手
外面雪还在落
一根细松树枝条
承受了
积雪的重压

野　葵

母亲生前
偶尔跟我说起
百年后，希望能入土为安
就把自己葬在
自家菜地
不占公家半分地
坟头不用太高
在上面种点菜和瓜果
栽几株棉花
也不浪费地
说完，又沉默了

两年后，菜地里
那块低矮的石碑旁
一株野生的
长高了的向日葵
像一座寺庙

剥豌豆

一个人坐在门口剥豌豆荚

没有谁和她唠叨

手中的豌豆

一粒一粒，似乎怎么也剥不完

豌豆籽丢到搪瓷盆里

丢一粒，一声叮咚

丢一粒，一声叮咚

仿佛有人在不断地

喊她娘

她就一个劲傻笑

有时还忍不住笑出声

我站在她身后

喊娘

她以为是豌豆籽

再喊，起身

手中的搪瓷盆掉下来

满地的豌豆

娘的岁月撒了一地

喜　鹊

那么多笔画，那么喜庆的
一个词。横竖撇捺
刚够搭一个窝

您爱听它们叽叽喳喳
似乎听到它们叫
苦日子会过去

闲时，在地上撒一把米
我们大大小小就回来
此刻，家也成了一个喜鹊窝

如果有只停留在碑上
它一定会带给您人间消息

扑雪人

小时候顽皮
喜欢和小伙伴们在雪地上
扑雪人。一个个小不点
印在雪地上，横七竖八
完了便打赌，看谁能找到自己
那时候，找不到了，就趴在
娘膝盖上抽泣

现在，再也不敢随便在雪地上
扑雪人了。怕一转眼
太阳出来，找不到自己
还到哪里去找娘哭

旧棉袄

那件旧棉袄，把母亲脱下来
把她身上的痛脱下来
把语言，从她身体里脱下
一件旧袄的棉里
有母亲的气息，病的气息

那件旧棉袄，完完全全把母亲
从尘世脱了下来
再也穿不回去了
一件旧棉袄，替母亲活着

让娘再活一会儿

墓前，点开手机视频
是一段短暂的影像

娘活得很好
让我的娘再活一会儿

失　恃

母亲碎了，碎成了一粒粒微尘
除了她使用过的名字，是完整的，活着的

每次一笔一画我都认真地写
怕疏忽，怕哪一笔写错了
用名字活着的母亲
会再次死去

在人间，我会又一次失恃

中秋月

多好的一粒酵母，娘将它均匀地
撒进米面，等糯米发酵

多好的一粒酵母，我把月光
洒在记忆里，让思念发酵

距　离

葬你时，只隔着一捧黄土的距离
写你时，只隔着一张纸的距离
想你时，只隔着痛的距离

我不敢把这二十三个笔画的词拆开
连起来，就是生与死的距离

清明记

泥泞的土路像条铁链
母亲的坟茔，一副古老的枷
归来，我是个戴罪之人
欠她二十多年思念，几乎盼瞎了眼
欠她一场感冒，让那双粗糙的手放在额头
欠她一次试穿，柜子里那堆千层底鞋
已压出很深的折痕
欠她呼唤乳名时的一声应答

跪下来，喊声娘
一场清明雨，将我羁押在母亲坟前

第五辑

平舌音

大李村：时光的裂痕

乡村，难得一份宁静与悠闲
坐在门边，用一把时间的青草
喂养羊。一盏灯火
照亮老屋往事
风，交出一片空地
让童年站在门前，和中年对峙

三两棵树，沿墙缝生长
留下了一条时光的裂痕

平舌音

无平舌与翘舌之分。大李村
只以舌面音立世
譬如，娘
喊作粮。我把母亲当成了
一粒养命的米
譬如柴，叫材
这随处能捡拾的可燃之物
包含：枝柯，秸秆，荆棘，野草，树根
叶与壳。取名也避免翘舌
即便有，仍以平舌呼唤
连夏水的浪涛声也是平舌的
司晨的鸡叫和鸟的啼鸣
也是平舌的

回家，我不敢以普通话读音来面对
父亲。怕自己一错再错
怕被方言狠狠地打脸

老　屋

横竖撇捺的梁柱，已腐朽
只有一个笔画还在勉强
支撑着词意
草丛里的蟋蟀
拆除了童年的乳名
颓废的土墙上
树影在缓慢地移动

父亲已走远
老屋，十五个笔画的乡愁
在方言里塌陷
等母亲划燃火柴

一盏摇曳的油灯
将记忆重新修葺

故　园

青砖，灰瓦，低矮的屋檐
虚掩的门。犬吠声陷在泥泞里
村头，那棵矮小的桃树
用粉嫩的花朵，支撑起整个村子的
寂静。河还是多年前的水位

船停靠在岸边，一漾一漾的
就着河水，我服下这粒故园胶囊

塌　陷

旧草帽像倒扣在土墙的鸟巢
一小堆谷壳，被老鼠掏去了米粒
脱落卯榫的木柱子，留下长方形榫眼
漏雨的水窝，周边早已干枯泛白
蛾子还粘在蛛网上，只剩下了一副空壳

站立老屋前
身影，在凹下去的台阶上塌陷

江汉平原

不见大片的林子
鸟类少。除了多鹧鸪，藏在稻田
喜欢夜晚啼叫。没有山
高处，只是村后不远处的
那一片墓地。低于屋檐，高于命
异乡三十年
来来回回，怎么也绕不开它

遗弃在场院边的石

像卧在族谱里一个祖先的名字
疯长的野草将它一点点荒芜
曾经的重量
有几人能掂得起
抱紧土地，何曾减轻过生活的重
多少年了
从未走出命定的轨迹

用自身的重量碾压自己
当风雨退去
在时间深处，沉淀为一粒拒绝融化的盐

江汉影院

北京路与江汉北路
交会处，70 年代的
江汉影院，像
一脸严肃地站在那里
反剪着手
穿中山装的退休干部

一个从乡村来的少年
曾几度迷失于
霓虹灯下的
广场南门
望着幕墙上，手绘的
巨大海报浮想联翩
遮遮掩掩的门帘
使一个时代的剧情变得
更隐秘
而结局总是
散场的人在寻找
各自的出口

广场上，无石可踢

当他把一根冰棍

投向影院的窗玻璃

深夜的江汉影院

迅速降温

在一个乡村少年的记忆里

保鲜

蜻 蜓

这些小精灵，穿行在
菜地，树林，庄稼地
它们轻盈执着的
身影，总纠缠着村庄
不停地飞舞

这些小精灵
穿行在母亲慈爱的目光中
和母亲一起，过咸咸淡淡的
日子，不离不弃
累了，就站在小树尖上
转动着一双大眼睛
似乎和母亲捉着迷藏

记忆，从它们身后
悄悄包抄过去
一伸手，就抓住了
童年的尾巴

新　年

母亲在厨房忙碌
父亲打扫旧年的灰尘
偶尔的几声鞭炮声过后
村庄出现少有的宁静

雪停了，含苞的蓓蕾
被一层薄冰包裹
挂在枝头的一滴水，欲滴未滴

孩子们在门前捉着迷藏
生怕他们躲进那幅剪纸里
让着急的母亲找不到

而对联上几个墨迹未干的字
像几粒种子，鼓胀得就要发芽了

夏日的湖边

栅栏。浅滩。芦苇。河汊
苇丛中惊飞的野鸭
加深了水中的倒影
小憩的捕鱼人，坐在舷边
手中的竹篙，稍一用力
就会捅破这层薄薄的宣纸

多少年了，一辈子穿行在波浪中的人
岁月已将他们悄悄流走
只留下这浓浓淡淡的水墨，在记忆里

樱花词

从湖南桃花山到
江北社稷山
春天有多远
只隔一条江的距离
江南桃已呈胚胎
而社稷山的樱花
像两只时光的
漂流瓶
搁浅在春末的枝头

少年远去他乡
归来，是否还赶得上花期

村庄记

村庄卧在山脚下。仿佛地里的
一棵花生。拐弯处
就能掰开几个人

我想到古旧的榨房
它们是怎样，把体内的油
一滴一滴压出来

老人坐在墙脚
像一枚遗弃在地面的壳
薄薄的阳光，将他轻轻覆盖

沿河一带

谁能说出它的深浅。浑浊的
时候，别想和它撇清关系

358 公里水域
随水而去的寡妇婶已逝去多年

谁用它洗清过自己？夏水长流
站在岸边喊一声，就订下儿女姻缘

沿河一带，是彼此的亲人。荡漾的
是拇指上那一圈圈回旋的水纹

厚 土

厚不过，三寸
三尺

三寸土养人
三尺土埋人

厚土上生儿育女
厚土下有娘亲

电影院

从一堵矮墙上我侧身跳入

八十年代的乡镇电影院

混迹于一群熟悉和不熟悉的人中间

那时候发电机的电压总是那么地不稳

看到自己闪烁不定的前景，我尴尬

此时，银幕上出现幻灯的照片

这是放映前奏。我用头挡住影射的光线

一张轮廓清晰、放大定格的黑色特写

满足于一个时代的好奇心。我转身

看到同桌三年的女同学

正坐在生活的角落，深且隐秘

当我计划实施一场蓄谋已久的爱情

银幕的画面正由远而近地打出：剧终

一瞬间的失落感让我无法适应突然亮起的灯光

表情严肃的检票员开始在记忆的出口

尽可能地查找每一个遗漏的细节

当我原路返回　我看见灯光渐熄

一座空洞的电影院

被夜色深深掩藏

第六辑

秘　密

失语者

面对他，我必须放弃语言
作为继子，用手语
了解他生活中的痛
再替他说出
他是我唯一的家庭背景
也是我的靠山
种地为生，无不良记录
调皮的时候
他攥紧的拳头高高举起
我却从没有躲避，知道他
不会让哪怕一粒细小的微尘
落到我头上

每次填表，我会郑重地写下
父，李兴学，失语者
对人间的爱
未曾留下只言片语

秘 密

大伯走了
我看见母亲低着头
拉了拉他衣服上的
褶皱
看不出半点忧伤的样子
晚上，她和父亲
躺在床上
嘀咕了很久
夜深了
父亲攒口气
吹熄灯盏

我不知道他们说了些什么
除了相濡以沫的人

抽　泣

不知道为什么
躲在蚊帐里
偷偷抽泣
所有灯都熄灭了
外面，雨也停了
漏雨的地方
接雨水的木盆子
还不时有滴答声
小虫子的鸣叫
盖过了她的低泣
第二天醒来
枕上一块是湿的

我看见场院角落
潮湿的地方
一蓬野草，长得特别茂盛

指认一朵花

指认一朵花
做未曾谋面的外婆
让她告诉我是否重名
因为过早凋零，人世间
只能断章取义
以此来解读命运的剧本
与一朵花的不对称。施家村

为了填补童年缺失的记忆
我印证过这朵花的形状
正好吻合我的指纹

下雪了

记不起从什么时候开始
不用称呼对方了
开口，知道在和谁说话
见面也不打招呼
你进门
我点灯
明白自己该做什么
一转眼落雪了
天气那么冷
你拉过我的手揣进怀里
我抱着你的脚捂在胸口下
不说一句话
年岁大了，人世间
用仅剩的一点余温
暖着彼此

纤　夫

扣在绳上，再打上死结
一辈子和一条河
较劲
被石子硌过的脚心
结出厚厚的茧
腹腔吼出号子
他要彻底吐出心中的
块垒。绷紧的绳索
似乎加重一分，命运就会断裂

时间远去。谁的背影
停泊在肩头那条深深的勒痕里
一点点
解开疼痛

落水的人

疯癫叔落水了
第二天一大早
被淘米的婶发现
打捞上来
已没了脉象
碰面的人异口同声
"享福去了"
全村无人惋惜他的死
似乎他
摆脱了生的苦
是一件很幸福的事情

他的死
安抚了活人的生

池　塘

春天，他们把病死的
猪和鸡鸭
随手扔进池塘
一转眼，谁家的小孩
又掉了进去
全村人跟着呼天抢地
冬天，他们抽排掉
池塘的积水
埋在塘底的那一层
黑厚的淤泥
和泥下的莲藕

仿佛春天的忧伤
就要显露出来

手 鼓

哑巴爹最自豪的
是亲手做了一面精巧的手鼓
他让声音有了形状和
重量

这面手鼓他从没敲过
也从不让别人敲
走的时候
他把鼓送给了寡妇婶

没人的间隙，婶偶尔拿出来
轻轻敲一敲。喑哑多年的手鼓
终于替他说出了
他活着时未说出的话

纠　缠

整地前，要清理这些
老丝瓜藤
父母各自拉一根
怎么也分不开

两根相距那么远的藤
是什么时候纠缠到一起的
我的叶，庇护着花
你的须，紧抓着我的茎
风雨袭来
免不了摩擦
又像抚摸
老了，枯萎了
牵绊得更紧

傍晚，他们忙着收拾农具
影子交错在一起
像极了两根老丝瓜藤

老中医

手指，搭脉
望闻问。不切世情冷暖
只诊命理中的
疼痛。人性的恶
不在脉象上
药，也不仅在《本草纲目》里
一辈子，没为自己
把过脉。他说，每个人
都能医治自己
时间是最好的药
而时间，有时也是
毒药。清瘦的身影
一张存世的处方
在他走后，失传

只留一页空白的笺
做最后的遗嘱

裁缝记

从湖南到湖北
一把剪刀，剪断归路
一把尺子，量人情冷暖

一生只画直线，却是坎坷
连起来，刚够走一辈子

一生只缝一条线，长长短短
恰好织一只茧

铁匠记

铁锤，从炉火里抢出
最后一块铁
落锤的时候，他咽下人世最后一口气

镰，还未完成的坯胎
挂在相框旁
一句遗言，让岁月解读

刻章的人

一把刻刀，切入
文字的背面
横竖撇捺，你独辟蹊径
咀嚼每个熟悉或陌生的名字
以及他们背后的故事
乐此不疲。你一直活在别人的名字里

当那把锋利的刻刀
把你逼到岁月的角落
一个落款，做了最好的诠释

回　家

人世苍茫
墓穴空余

碑上，那个孤独的名字①
像在等一个人回家

---

① 在农村有老人为减轻后人负担，用自己的一点积蓄，提前给自己修好墓碑，心酸中包含些许无奈。

嘀　嗒

咬紧嘴唇
和所有分娩前的母亲一样

世界安静得只剩下一声
嘀嗒

灵隐寺的雪

几个从乡下赶来的妇女
像几朵雪花
落在安静的寺院
住持也是

在寺外拍了拍身上的雪
她们说
落在身上的俗物
不带进寺里

还说，寺院里的雪
和寺外的
不一样

丑　娘

早年丧夫。无子女
寡居。因为丑
大家都喊她丑娘

她是我的干娘
曾将我从水塘中捞起
娘让我拜在她膝下

离家二十六年，少有机会
回去看她。那堆土坟
已荒芜得不成形了

多少年来
我相信我的丑娘没有走远
一转身就能看见那张
永远晴朗的脸

一如我们背对着她
卑微地活在广袤的人世

红糖水

刚分娩的村庄
气血两亏。虚脱的人
需要一碗红糖水

娘说，红糖补气血
又说，女人啊，拿命换命

当孩子喊出人世
第一声哇
她们把身体里所有撕心裂肺的痛
都掏出来了

月亮像早年的一包红糖
挂在村头小树枝
月光像红糖水

我乡下的母亲们

吹灯上炕，养儿育女
清洗一家人的菜蔬和衣物
挤干了乳汁、汗水

闲时，三个女人一台戏
聚在一起，家长里短
就把生活的难处放下了

每天有做不完的事
还有这单薄的肉身
病和疼痛
最终把苦日子熬成了糖
老了，就守在灯下
等儿女们回家

等 待

300 公里时速，三小时
从广东到湖北，该怎样来完成
这生命最后一刻的
等待

11：50，过韶关
仿佛一步就跨入您的中年时代
我曾从祖母口中
打探，您多舛的命运。当您从初失
幺女的悲痛中抬起头
12：30，车停衡阳东站。您已满头银发
糖尿病，高血压，一粒粒药丸
碾碎您的晚年。没想到，哥却先您而去
白发人送黑发人
仿佛人间的雪都落在了您身上

13：50，车到岳阳
您的生命也走到了终点
只给我留下了
永远的等待

一株玉米

它怀孕的身子那么葱茏
风吹着，叶片来回磨蹭
像护着肚里的孩子

秋天了，成熟的玉米
被一个一个掰走
只剩下枯瘦的身子
蔫了的叶片也变黄
垂下来，像穿在身上的几件
邋遢的旧衣裳

望着远去的背影
它的幸福那么空旷，无人知晓

一个人

走在男人的身影里

看上去像一个人

灯光下，各自忙着手中的活计

沉默得像一个人

雨中，男人将衣服的一半披在女人

头上，融洽得像一个人

女人捏着男人的颈椎

两个人，疼着一个人的疼

两个人，活在一个人的世界里

第七辑

临界点

临界点

塔岗。黄埔和增城

临界点

仅一度温差

挂在墙上的汞柱

你感觉不到什么变化

最后一班公交

在塔岗站，无人下车

例行停下几秒钟后，又开走了

独自一人坐在楼顶

如果把寂静比作温度

三十一度到零度

恰好适合降一场大雪

让我消费一次璀璨的盛宴

九三年，从故乡到异乡

夏茅村，井头村，贤江村，塔岗村

每个临界点

身上都落满霜花

而此刻，六十年岁月

正需要一场大雪

和头上的白发，达成和解

遇　雨

371 路，转 24 路
或 32 路。此刻正落着小雨
刚驶过的 24 路车
远去了。雨越下越大。没有雨棚的
临时站台，无处躲避
32 路还没有来。我不敢离开
仿佛时光会稍纵即逝
我要趁天黑前，赶回塔岗
不能再错过这趟车了
五十八年人生风雨，已没有
太多的机会让我错过
雨还在继续
不在乎多淋一次

站在雨中，让暮年的湖水
再次涨潮

在塔岗

塔岗雅好口腔医院，医生说我
咬硬的太多，牙坏了
想想这一生，自己生性柔弱
很少碰硬，除了经常咬紧牙关
初到广州，在火车站
三天粒米未进，咬咬牙就过来了
夏茅某工地，九十多斤肉体
卡车上卸下二十吨水泥，咬咬牙就过来了
茅岗花果山，拔出脚心的钉子
咬咬牙，就不疼了
面对老板的呵斥、白眼
咬咬牙，就过来了
回到家乡，送走年迈的老母亲
抹干眼泪，咬咬牙就回来了

我不知道什么时候戒掉这咬牙的毛病
才能缓解生活的疼痛

过誉山国际

每天上下班
员工通勤车会带我
从一块墨绿色玻璃幕墙
切入誉山国际内
这栋豪横的建筑楼盘
以独特的风格傲视
二十六层
多少次仰望过的高度
多年后，未承想会用这种方式
出入
雨还在不停地下
车愈走愈远
身影也陷入得愈发深刻

这块易碎的玻璃
如果破碎
该怎样收拾自己
一地的狼藉

侧　身

阳台上，含羞草努力地生长着
异乡的泥土，又能扎下多深的根
寒凉的夜晚，抱紧自己
取暖。每天穿梭于见不着光的小巷
总也走不出逼仄的
岁月。我时常伫立雅瑶河边
望着对面林立的高楼
不敢低头看水中倒影
怕忽然的一阵风
将仅存的一点想法揉碎
热闹的翟洞菜市场，尽量
避开熟人。乡下来的老太婆
摆放几棵鲜嫩的青菜
我侧身，在生活面前低下身子
回到潮湿的出租屋
打开窗，让阳光进来

新新公路上，公交车扬长而去
卷起漫天灰尘。两年了
我努力保持自己一身的干净

演　算

缴完房租水电费
撕下孩子算术本的末页
用来计算生计
突然想到几句诗
找不到纸，就写在掌心
也是一张不错的便笺
无聊时，随便画点什么
不在乎像与不像
烦了，用笔尖扎一些小孔
琐碎的日常没必要保存，用过就扔了
写在手上的，汗水很快将字迹融解

方寸纸片，似乎什么都记录了
又什么也没记录。三十年异乡光阴
简单的几个数字
演算了自己潦草的一生

避　雨

异乡三十年。陌生的人
陌生的村庄，陌生的方言
总感觉像一只胆小的麻雀
落雨和不落雨的日子
都习惯性地想找一处屋檐避雨
我常抱头在雨中奔跑
用鼠窜来自嘲狼狈的自己
有时即便站在了屋檐下
也感觉浑身湿漉漉的

躲不过风雨。我会避开人群
再拧干自己

裂缝中的小花朵

窗子边，一条细小的裂缝

什么时候钻出来一棵草

还开出几朵米粒大的小白花

刚伸出去拔的手

又缩了回来

看它瘦弱的身子

有时候十天半月盼不来一滴雨

有时候即便一场小雨

一阵微风

又差点被连根拔起

缝隙中，除了年久积下的一点尘埃

更多的是坚硬的水泥

伫立窗前，看小白花在风中摇曳

一点点

缝补我漏洞百出的一生

拆

电锯声那么大
震动泵的声音那么大
拆模板的叮咚声那么大

此刻，正临近中午
楼里陆陆续续
走出来几个戴安全帽的人
他们将整栋楼的嘈杂声
一点一点拆除

他们绕道从小河中涉水而来
水那么浅，流得那么急
他们的身影，被流水拆除

搬家记

家什，电器，衣物，厨具
书籍
整理打包
平常从不去关注的一些物件
像一个个小小的汉字
没办法一笔一画拆开搬运
从五楼，一趟趟上下
才体会到，柴米油盐
日常生活的
重量
十七年了，那些
留在墙上的印迹
一张旧工作日程表上的日子
窗前，黄旗山上的云团
和鸟鸣
是搬不走的
除了这些
还有身上的伤和疼痛

缴纳好房租、水电费
拍下最后一张影像
仍把自己留在岁月的债务中

白月光

故人自楚地来。晚上
在狭窄的阳台上，煮一壶
白月光。说起故乡事
水开了。冲泡，香味浓郁
你问我，还好吧
我笑笑，随手用茶盖，将浮在水面的
一瓣如月的白牡丹，轻轻
摁住
相视莞尔。三十年了，漂浮的半生
在一杯茶中，慢慢沉淀

黄旗山

海拔 125 米
一年四季浓荫覆盖

我只喜欢雨后的黄旗山
大大小小的雾团
慢慢升起
又消散。像时光
又像偶尔滋生的
忧伤。这么多年了

从没去爬过
即便登临山顶
黄旗山，也铺垫不了我的海拔

只想望山外
月升处的故乡

九月九日读王维

诗人的名字，是一块好酵母
把二十八粒汉字发酵
点燃题目。酿一杯
九月九的酒

无高可登，就去塘边
荷叶渐枯黄。看水中飞过鸟影
架上的鹅米豆，这植物最有乡情
可多摘一些。北方不比南方
冷得要早，多披件衣裳

饮下这杯。醉了
就用茱萸解酒

从塔岗到翟洞菜市场

离生活很近。一公里路程
中间，横亘着一条十来米宽的雅瑶河
仿佛一条裂缝
没有捷径。每天往返于此
市场上，拥挤的人群
各自挑拣着生活的口味
而我面对房租、水费
和各种异样的目光
以及无聊的责备
低下头
用萝卜、青菜养尘世的肉身

混浊的日子，独自坐在雅瑶河边
一场暴雨过后，看河水
怎样努力澄清自己

新年书

在雅瑶河，我看见一只水鸟
贴着水面，在飞

白净的身子，那么干净
忽上忽下。陷在沙滩里的石头

仿佛突然蠕动了下
水面的倒影，显得些许恍惚

鸟儿偶尔的啼叫
被不远处机器的轰鸣声

覆盖。雅瑶河
用 21.6 千米河床做产床，等待春潮

春天的雅瑶河

一个人坐在
雅瑶河边

嗅青草气息
看静水流深

鱼儿慌张。搅浑
一团水，掩藏自己

蜻蜓追尾
蝶影无声

微风中摇曳的芦苇
荔林里翠鸟和鸣

阳光照射在身上
有一种想发芽的冲动

雅瑶河

从不掩饰什么。裸露的河床中
散乱的碎石，淤积的沙滩。各种
饮料瓶。旧衣服。过期的报纸。坏掉的沙发
安全套。嚼过的槟榔。塑料袋。烟盒
最后一条细流，像一道时间的伤口

雅瑶河，已无半点隐私
包括忧伤

含羞草

每逢周末，我都要去雅瑶河边走走
和一棵含羞草对视
叶片上，有被踩踏过的痕迹
这棵卑微的民间草根
在荒凉的土坡上繁衍生息
一缕阳光、一滴雨水就足够了
瘦弱的身子，承受着花丛里
砸下来二十七层高楼的阴影

我在等待它开花结果
我要将它的种子，带回荆州
种在乡下老家。学习它以怎样的
姿态，活在这广袤的人世

荡　漾

十年教书生涯。二十年异乡光阴
除了养家糊口，闲时
敲几个汉字，养心

夜晚，一个人在雅瑶河边
用一捧水洗疲惫的肉身
看夜幕下的南香山，影影绰绰
和载着灯火的城际列车鸣叫着远去

偶尔捡起一块小石子扔进水里
试图让中年，撞击出一丝荡漾的水纹

旧手表

路边，一块女士旧手表

停留在 14：35 分。仿佛所有时间

被一场夭折的爱情花完

是谁扔掉的一块疼痛

需要多大勇气

才能将这段感情抛下

如果时光倒流

不知是怎样的一段刻骨铭心

每一分、每一秒有着怎样的甜蜜

所有经历，在这一刻永远停止了

120 度夹角，陡峭的分针

似乎有时间攀爬过的印痕

完好无损的表面

看不出一丝受损的裂缝

谁愿把痛裸露给你

再也无法重叠的两根针，像前世的缘

挣脱不了命定的轨迹

爱被彻底清空，只剩下记忆

没有人来驻足这一场剧情

城际列车呼啸而去。一块被遗弃的旧手表

留下这座空寂的爱情小站，在塔岗

第八辑

汉字里的乡愁

砚

一块偏旁的石头，压着
祖父的一声咳嗽
早年的私塾先生
站在八仙桌前
细细的羊毫
从砚里，救出汉字

我的祖父
一个爱把简体写成繁体的人
一个和地主女儿私奔的人
一个一辈子临摹魏碑的人

走后，那支羊毫
渴死在一方干涸的端砚里

黑

在纸上，写下：黑
夜晚降临
一个汉字就是一座小小的村庄
被黑暗笼罩

旮旯里的小虫子开始鸣叫
谁从那所破败的
乡村小学，踏着泥泞回来
有犬吠声
使夜晚变得高低不平

母亲咳嗽着披衣起床
点亮灯盏，照亮晚归的人

盐

父亲的衬衣上
黏附着一层细微的盐
我不知道他身体里
藏有多少盐粒
也不知道要使多大劲
才能把身体里的
盐，压出来
我曾在满是油香味的榨房里
看到的一幕：一副简易的木质器材
猛烈地撞击、挤压
的情景

弯腰的父亲，被岁月
熬成了一粒盐

疼

仿佛一个民间老中医
把手搭在点上：切

第二与第三笔关节处
有寒气入侵
曾经坚硬的膝盖骨
如一堵颓废的土墙
瞬间就垮了
你试着用反义词热敷
却无法融化岁月的霜
尝试用偏旁的二点针灸
也只能解一时之痛

其实自己最清楚
三十年异乡光阴
中间那一点才是病灶

接过处方
上面写着：当归

收　藏

母亲的鞋样叠放在竹篮

针眼密集

父亲早年的一封旧信

字迹清晰可辨

后院厨房，歪斜在土墙脚缺口的菜坛

已落满灰尘

灶台边鸣叫的蟋蟀

还是从前的那只

所有的记忆被老屋收藏

风吹来，门轴转动的声音

像是母亲在喊我

芈

芈姓的屈大夫，我总把芈读作
我们养命的
米。这粒黏稠的
篆体的汉字，用苇叶包裹
缠绕我们的锁骨
而汨罗江深深的凹痕
勒疼一颗心

千年前风雨飘摇的
楚国，最终坍塌在了一只
小小青色的粽里
那叶被流放的扁舟，还押在
一册线装的《离骚》中，等待解救

舟

一只民间的舟，一只用六个笔画的竹简
打造的一只舟。停泊在父亲的梦里

母亲用一片片绿苇叶
把《离骚》里的每个字，包裹成粽
粽心里埋着一粒血红的枣

找啊。顺着浑浊的汨罗江，呼唤
秭归，子归——

多少代人的找寻，一个人
是他们的魂

伤　口

一片粽叶，一片创可贴
汨罗江就是包扎的纱带

屈大夫，一道多大的历史的伤口
让我们疼了千年

车过汨罗

从洛阳龙门到广州南。G847
过汨罗。三分钟
在历史里做短暂的停靠
小小的汨罗，约等于一只
粽。我不敢贸然解开
怕一整条江水会
倾泻而下。怕听见
屈大夫那声捶胸顿足的天问

两千多年历史，一晃而过
列车，拖着长长的伤口，一路向南
穿行在祖国苍茫的大地上

楚　梅

出家，自己为自己剃度
脚下方寸净土，就是一块蒲团
于佛前，坐禅

花开了又落，在章华寺
一株梅，守着荆州城替人间修行

华容道

逃往荆州城的路
历史在这里留下了唯一一条
败路

七点五公里华容古道
是卧在民间演义里的一只蝉蜕

黄河谣

血与乳的交融，勾兑
一轮明月和几只沉浮的羊皮筏子
酝酿一河咆哮的
雄黄

倾入
壶口

勾践剑

从说书人的一只黑色醒木里
出土
还是多年前那一声锋利的断喝
荆州城，一柄刀鞘
谁将仇恨藏匿刃中
人间是非曲直
谁躲得过时间那一剑

千年尘封往事
勾践剑，一枚历史的苦胆
还吊在成语里
满含隐喻
供后人品鉴

饮　马

江水退去后，留下
一摊时光的积水。不远处
浮出水面的石头
是一条曾盘桓于内心的缰绳
牵出嘶鸣

有谁抚摸过那颗疲惫之心
饮马江边，水中的倒影
才是自己一生的岸

岩　羊

被雪豹追逐，于近乎直立的峭壁上
奔跑。一场生与死的角逐
羊，活在自己的速度里
弱肉强食的游戏。陡峭的生活
一块石头，紧紧咬住危险

羊终没跑出自己，舍身一跃
完成了生命最后的图腾

乃林河

绿草地，枣红的马
乃林河，流淌着一河乳汁

多年的漂泊，已是满身风尘
归来，没有人能认出我
一颗饥渴的心
埋首河边，痛饮乡愁

父亲去了锡林浩特
穿过马群，只有你
会一眼认出我。母亲

请用乃林河这根草原的缰绳
将我牵回家

荆州城

拱形城门，一条时间的
隧道。穿过去
参与另一场《三国演义》
你是乔装后混进城的兵卒
守卫不知去向。城门失守
在一册竹简里
你和荆州城一起
沦陷

烽火早已散去
那块松动的城砖
摁住历史的一声叹息

在伍子胥石像前

这么多年，一直站在
十字路口，俯视过往的行人
没有人高过你
右手握一把年代久远的剑

故乡五家场
离县城 35 公里以外的西北
偏北，正落着一场小雨
如果你开口说话
我想一定还是纯正的监利口音

虎落平原的
伍大夫，从一条水道出楚
入吴，曾带着怎样的咆哮
而今，伍家场还在
亲人的坟冢还在
白槐花落了又开

一公里外是奔腾不息的长江
仿佛一部历史，谁能说出它的深浅

监　利

武汉的高铁跨过长江沿京广线南下
从广州开来的动车在岳阳做短暂的停靠
又一路向西去了重庆
长江像一根扭曲的藤蔓。监利
是兀自长在藤蔓上的一只野葫芦

倒春寒之后，气温转暖了吧
谁坐在江边，看水长流，花自开

等风跳

——兼致将成兄

我笃信，风是从太平洋上吹来的
一直吹到北方小城
这里，每一棵草，就是风的家
我用你的诗句装修，用意象做贴画
把那株吊兰设置成
悬崖
等风跳

救起一声故园虫鸣

改道河

——致诗人许玲琴

改道河，一架古老的琴
你是琴的左弦
弦上跳跃的音符
是沿河两岸命里亲人
当母亲眼含泪花
一条河，送走她心爱的女儿
改道河从此为你改道
从桥市镇到爱民路，从水路到陆路
再沿途返回，已是多年后
站在王福三桥上吼一声

你就听到了
左弦上改道河辽阔的回音

见字如面

吾儿

见字如面

我已近花甲之年

想自己平凡简单的一生

父亲走得早靠母亲持家

祖母和弟，一家四口相依为命

从小放牛

生产队挣工分补贴家用

村小教书十年

爱学生如子从没打骂过他们

唯一一次是狠狠地揍过你

现在想起来还心疼

31 岁出门打工

瘦弱的肉身

背水泥倒混凝土建筑工地五年

2020 年进公司至今

与人为善

路好不好走都过来了

每望宁波方向

月照波心

第九辑

马家窑叙事

秋　风

沿江北高速，出江陵
至马家窑
一场秋风回到故乡
你站在村头。十周河
浅了

梧桐和松树的叶子
开始凋零。田野
只剩下收割后的稻桩
院子里，风吹熟满树的柿子
一颗挨着一颗

我也是其中的一个
等你采摘后，再慢慢焐热

马家窑的棉花

和其他地方没什么两样
开紫色花，棉花白
唯一不同的是
它种在马家窑长在马家窑
吹的风，是马家窑的
淋的雨水，是马家窑的
秋后，那些在田里采摘的人
是我的亲人
她们手中的棉花
一丝丝一缕缕

傍晚，喊你回家吃饭的声音
也是一丝丝一缕缕的

拍

蹲下，蹲下，再蹲下
几乎跪着。低于棉
离镜头最近的那朵
几乎能分辨出极细微的绒
仿佛一伸手，就摸到了温暖

重阳补记

突然想到
昨天是重阳节
应承为你写一首诗
却没有下笔
恍然之间
欠下了十周河
又一笔债
十周河那么深
绕着马家窑不停地流
忆起小时在水里
嬉戏的情景
就让我再次跳进去
来偿还多年前那一记
叮咚的水声

一个人的授权书

王河村是拐点
向北一公里
是唯一一条回家的路
一公里，那么短
远远喊一声：娘
母亲会应你
一公里，又那么长
来来回回走了三十年
三十年后
父亲走了
母亲走了
就剩下这最后一条路
我将它授权给你
请守着这道弯曲
等我

一封家书

几个错别字
卧在一页小字本的方格里
那么重。习惯性的一点
就做了所有的标点符号
歪歪扭扭的笔画
和父亲脸上的皱纹一样
平淡岁月，多了几道曲折
数年来，我将它夹在书页中间

试图抚平褶痕
安抚那 127 个汉字

动　词

我总把某个名词，读成动词
譬如：父亲
犁地，播种，收割，编苇席和竹篓
或咬着一支圆珠笔
写封简短的信
汗在他的背脊上是流动的
翻起的被子似乎从没盖上过
被犁尖划开的伤口
看得见肌肉的跳动。话是吼出来的
饭几乎是吞下去的
走路带着风

当他安静下来
才恢复词性的本身

元宵之月

怎么比喻，都离不开这空寂之物
形状，色泽，醪醋的味道，母亲的味道

世间仅此一粒。在异乡
你，我，他，谁又不是望梅止渴之人

泥菩萨

母亲敬的灶神，是泥砌的
神龛上，父亲敬的神是泥塑的

他们在泥里种五谷
栽棉花，种蔬菜，除杂草
影子倒映泥水中
身子伏在泥土上
农具沾的是泥
话是土语，有黏性
一辈子，单薄的肉身
滚的是一身泥

他们终于把自己熬成了
我的两尊泥菩萨

一个人的嘀咕

雨对禾的嘀咕，你不懂
树对风的嘀咕，你不懂

少妇对腹中婴儿的嘀咕，你不懂
船对岸的嘀咕，你不懂

一道伤口对疼痛的嘀咕，你不懂
母亲跪在菩萨面前的嘀咕，你不懂

一束光，侧身擦过缝隙

初试水

年少时，和小伙伴们一起
偷偷跑到河边学游泳
水时缓时急。初试水
我死死抓住岸边那两蓬青草
像抓住父母远远的几声呼唤

现在人到中年，无论走多远
离开多久。生活那么湍急
我仍没松开手中抓住的，故乡
那两蓬青草

江右岸

走顺水，沿江右岸
三十七年，一个人的航道
运驳 71
运沙，石，风，雨和漩涡
舷吃水深，航速慢
1999 年，夏末
在荆江段深水区
遇雨，落水
被上游冲来的一棵白杨树救起
三十七年后，我记下
叔，李名江
溯左岸行
至新洲码头
抛锚时，还剩一只
满载记忆的
空船
至今靠不了岸

磨豆腐

我小，母亲年轻
那么重的磨盘也不觉得
沉重。乳白色的豆浆从磨眼
流出来，那么香甜
我一哭
母亲便把乳头塞进我嘴里
那时候，母亲乳汁充沛
精力旺盛
多年后，我再没见娘
推过磨盘了
六十七岁的娘
只能动动针线活
一盏油灯，还剩下几滴煤油
我不敢哭出声
只把泪水含在眼眶里
我知道
娘再也挤不出半滴奶水

在大李村，和一只青蛙蹲于荷叶之上

大李村，一片荷叶那么大
一只青蛙跳到叶面，带起的水珠
刚好等于一场及时雨
坎上走过的牛，配合着赶牛人
缓慢的步子。几只萤火虫趴在草丛
小小的光连自己也照不亮
稻子灌浆，河水又暗涨了一寸
挖过的泥土，散发出浓重的土腥味
此刻谁把手拢到嘴边
喊声，直达远处的村庄

田野沉寂下来。青蛙又叫了
没有人知道，我们在歌唱什么

在三洲，一朵广玉兰泄露了一滴雨水的秘密

广玉兰的花瓣上，一滴干净的
雨水，像一座小小的寺
两个微闭双眼的老人坐在一滴雨水里
那么安静。时间那么安静。尘世那么安静
折射的阳光那么温暖，安静
他们一动不动地坐着，仿若两尊菩萨
而花蕊里的蜜蜂，像跪着的谁
如果脱口而出
你也会跟着喊一声，爹和娘

雕刻一粒米

在一粒米上，不雕风也不刻雨
泥土太重
水含盐。父亲背已驼
母亲腰肌劳损。一张犁正好
线条简单，粗糙
不需要精雕细琢

再刻上一头牛
爬上坎，你就听到了水声

一锭墨

用一个有重量的词，来修饰

墨。我联想到金属：银

这滴墨，便有了质地和价值

可以雕，可以刻，可以琢，可以磨，可以镂空

以至于每一次落笔

哪怕极细的一笔

都不敢浪费

点滴。总想用最简单的去描述

极复杂的

就像一条汹涌的河流

每一滴水，都有它的来处和出处

不敢乱涂鸦这浅薄的一生

用好属于自己的这滴墨

真实。简笔。伸手能触摸到笔画中纵横的纹理

一晃而过

G1312，8：10，深圳北至连云港
广州一晃而过，株洲一晃而过
长沙一晃而过
9点一晃而过，11点22分一晃而过
一晃而过的，还有祖母
和母亲

时速305公里。窗外
那么多荣与枯的参照物
同时见证了我的一晃而过

与妻书

转过脸，已是三十五年后
十八度的故乡。而宁波，小雨，微寒
昨天，睡衣上的纽扣掉了一粒
风钻进胸口。试着穿过几次针线
岁月那么长，针眼逼仄，终究未果
这件事没告诉你，担心你唠叨
顺便从相册翻出旧照片

草那么绿，没变一点颜色
多年过去了，你还坐在那儿

李斌平

无任何深意。作为传承
这七个笔画的姓
像七根肋骨，它让我想到盘根错节的
树根。我曾想用最好的结局
来诠释另一代人的期许
而命运，总让自己在尴与尬之间徘徊
在上一辈与下一辈之间
徘徊。在故乡与异乡之间徘徊

多年来，我羞于回到江东。只用这
简单的姓与名，作人世的替身

后记：在疼痛中找到自己

生活中，给人记忆深刻的，是疼痛。肉体的，心灵的，不管过去多久。

自己这一生，似乎总也甩不掉多舛的命运。年少时，父亲离家出走，至今不知道他出走的原因。母亲只身带着我和两个弟，还有年迈的祖母，艰难度日，相依为命。记得是一个大晴天，母亲在生产队的禾场上打豆子，四岁左右的二弟不知什么时候掉进了场边的水沟，等发现已回天乏术。还记得一次队里做仓库，一堵旧墙倒塌下来，将做小工的母亲压在底下，等把她扒出来，鲜血浸染了整条裤腿，一条后脚筋被砸断。

这是打从我记事起，母亲留给我的，最初的疼痛。

1993 年因生活所迫，我离开执教了近十年的学校，外出打工，母亲一人孤寂落寞地为我们守住这个家 20 多年，直到 2019 年离世。我难以想象隐藏在她内心深处的那份苦楚。多年来，写母亲的诗最多。只要写到母亲，每一次都是泪流满面：

旧衣裳

这件旧衣裳保存多年了
有些褪了色，还带着原先的褶皱
和磨损的痕迹，以及母亲的气息
似乎她刚从地里回来
脱下挂在晾衣绳上。有风吹过

落雨了。旧衣裳飘动起来
像母亲还在雨中慌忙奔跑的样子

一眨眼，离开家已足足二十九年。现在，家，只是故居。

今年八月，从黄埔贤江搬到增城塔岗。

周末，独自一人沿雅瑶河边散步，河对岸是在建的"新世界"楼盘，各种嘈杂声从那里传过来。我不知道雅瑶河之前的样子，但现在呈现在我面前的，是十多米宽的一条河。河床裸露，只有一条细浅的小溪样的水整天不停地流着。河中修了一条拦水的低水泥坝，工地上的工友们每天就近从坝上过来到快餐店吃饭或买日用品。看到他们，就会不自觉地想起自己近五年的工地打工生活。那时挖地基，抬石头，背水泥，扎钢筋，倒混凝土，砌砖，拆模板，所有的脏活累活几乎都干过。50公斤单薄的肉身，连自己都不知道是怎么熬过来的，身上也留下了不少岁月的伤痕。

　　最刻骨铭心的一幕是 1993 年秋末，广州多宝路市二人民医院的房子正准备交付，我们几个工友干完最后一点活，坐在一间房子的地上小憩。这时一个小老板模样的人闯进来，没好气地说，快滚，快滚。仿佛怕我们的身影也会弄脏地面似的，恶狠狠地将我们赶了出来。望着一砖一瓦留下了我们汗水的大楼，心中仿佛被人挖了一刀：

拆

> 电锯声那么大
> 震动泵的声音那么大
> 拆模板的叮咚声那么大
>
> 此刻，正临近中午
> 楼里陆陆续续
> 走出来几个戴安全帽的人
> 他们将整栋楼的嘈杂声
> 一点一点拆除
>
> 他们绕道从小河涉水而来
> 水那么浅，流得那么急
> 他们的身影，被流水拆除

经历过太多人世的无情和磨难，是诗歌支撑着我一路踉踉跄跄走了过来。

写下这些，不是想博得谁同情。相反，我要感谢磨难，我把它看作是我人生的财富与契机，让我更珍惜活着的每一天。感谢它给了我灵感、激情和写作的源泉。我虽然算不上一个诗人，但有一份精神的托付，至少没有让我颓废下去，它让我在疼痛中找到自己。

图书在版编目（CIP）数据

下一页 / 李斌平著. -- 武汉 ：长江文艺出版社，2023.9

ISBN 978-7-5702-3116-4

Ⅰ. ①下… Ⅱ. ①李… Ⅲ. ①诗集－中国－当代 Ⅳ. ①I227

中国国家版本馆 CIP 数据核字（2023）第 070127 号

下一页
XIA YI YE

责任编辑：谈　骁　　　　　　　　责任校对：毛季慧

封面设计：祁泽娟　　　　　　　　责任印制：邱　莉　　王光兴

出版：长江出版传媒　　长江文艺出版社

地址：武汉市雄楚大街 268 号　　　　邮编：430070

发行：长江文艺出版社

http://www.cjlap.com

印刷：湖北恒泰印务有限公司

开本：880 毫米×1230 毫米　　　1/32　　　印张：7.375

版次：2023 年 9 月第 1 版　　　　　2023 年 9 月第 1 次印刷

行数：3960 行

定价：58.00 元